청소년 시선 002

최고는 짝사랑

신지영

쉬는
시간

시인의 말

언니는 희디흰 종이 위에 한 자 한 자
필사한 붉은 피 같은 시들을 읽어 주었다
그건 수혈이었다
흙먼지 속에서 코밑이 새까맣게
골목을 달리던 나를 따라
피톨 같은 문장들이 흘러다녔다

그녀가 나의 첫 시였다

2023년 8월
신지영

차례

1부 유령의 교실

2부 파벨라의 고양이

3부 태어난 마음

4부 말 있는 말

시인의 산문

1부

유령의 교실

매미

서걱거리는
은색의 목소리가 방 안에 켜졌다

어쩌면 좋아

살을 비워내고
악기가 된 껍데기

허물이 바람에 스르륵 스르륵 빛났다

아무도 울지 않았다

잎

꽃잎
풀잎
나뭇잎

손으로
꾸욱 누르고

발로 살짝
짓이겨도
뭉개진다

참 쉬워
너 같은 아이는

그
래
도

푸르게 숨 쉬는

환하게 꽃 피는

살려고 나풀거리는

잎

이렇게
안쓰럽고

이렇게
연한

말도 못하는

나 같은

한심한 여름

여름은 남의 탓
차가운 비명이 도로 위에 익어 갔다

미처 건너지 못한 고양이 한 마리
무늬처럼
눌려 있다

썩기 전에 말라붙어 버린 눈알 위로
길 잃은 파리들이 내려앉는다

초록은 깊고 나무는 무성하다

자라지 못하는 것들에게 마음을
여전히 신발 크기가 그대로인 나에겐 동정을

모범수

나는 최선을 다해 멈춰 있는 소년

책을 펴고
시선을 글자에 묶고
무릎을 억지로 굽힌다

붉은 피가 휘도는 몸은
당장이라도 교실 밖으로 튕겨 나갈 듯
팽팽하게 당겨져 있다

움직이지 않기 위해
발끝에 힘을 모은다

묶인 마음을 풀지 않는 한
누가 보아도

썩 착한 아이
썩 괜찮은 아이
썩어 가고 있는 아이

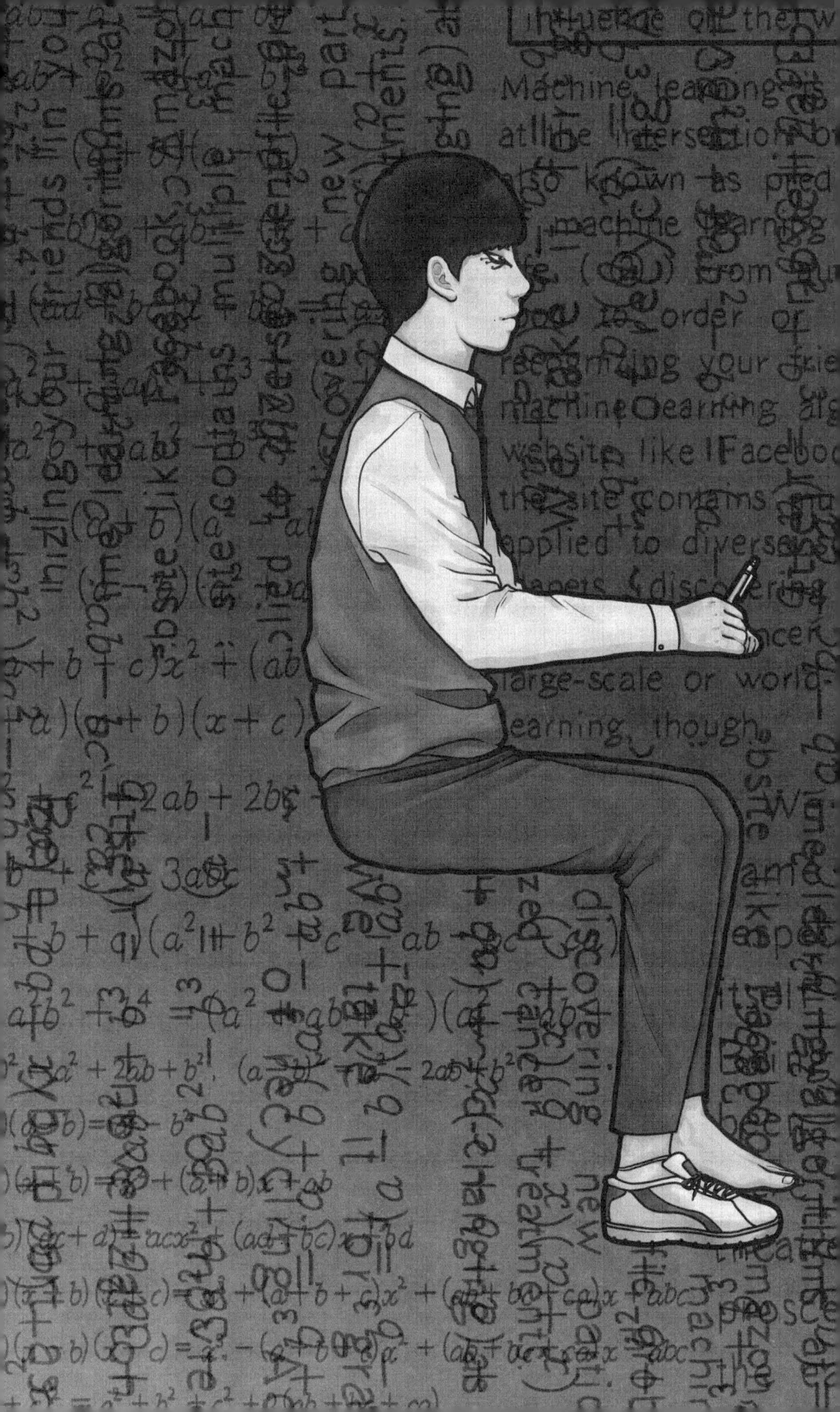

유령의 교실

아무도 보지 않는다
아무도 듣지 않는다
아무도 생각하지 않는다

교실을 떠도는 침묵들만
사이가 좋다

작년에 있던 유령들이
올해도 가득하다

모험 소녀

먼지를 꺼내어
나눠 먹었다

사이좋게

고장 난 아이들이
모래밭을 뛰어다니는 동안

낡은 그림자의 문이 열렸다

처음 보는 통로에
햇살이 쏟아졌으므로

우리들은 의심도 없이
그림자로 걸어 들어갔다

우리는 가진 게 없으므로

서로 손을 잡은

모험은 건방졌다

놀이터가 조용해졌다
먹다 남은 먼지가 허공에 가득했다

봄눈 1

그늘 밖에는 언제나 햇볕이 있다
내 몫은 아니었지만

어젯밤 꿈에 쭈그려 앉아 담벼락에게 물었다

그늘로 지어진 구석을 나에게 주겠어?
좁고 낮은 질문이라도 키울 수 있게

계절은 제철이 지난 것들에겐 관심이 없으므로
시꺼멓게 때가 탄 나는 그저 버려야 했다

여기는 아직도 추워서 다행이야
그늘은 추웠고 어두웠고

그래도 가만히 눈치만 보고 있으면
오래도록 녹지 않을 수 있었다

입학하고 내내
봄눈이었다

사서

장래 희망 : 사서

라고 적었더니
사서 고생이래

책 한 권 사면
그런 걸 사서 뭐하게?

모든 걸 사서
가질 수 있는 세상에
돈이 최고라며

무슨 직업을 택해도
얼마 버는데?

아, 재미없어!

집, 차, 설마 사람까지?
사서 뭐하게?

아무도 나를 보지 않고
돈만 보고 있잖아

그럴 바에는
사서 고생할래

책 안에서
만지고
놀고
꿈꿀래

손톱

손톱은 왜 자라는 걸까
필요하니까 자라는 거겠지

손톱은 왜 자르는 걸까
필요하니까 자르는 거겠지

자라는 것과 자르는 것 사이에
인생의 지혜가 있다고 그랬다

자라는 것을 잘라서
살아가게 하는 것

나도 자라면서
어딘가 잘려 나가고 있는 걸까?

아무리 생각해도 모르겠다
인생의 지혜

찾았다

언제부턴가 하늘을 쳐다보지 않는 나를
가장 친한 친구를 더 이상 떠올릴 수 없는 나를
낮에 먹은 급식이 어땠는지 기억 못 하는 나를
뭐가 되고 싶은지 전혀 모르겠는 나를
성적이 나오는 날은 유난히 왼쪽 손목이 시린 나를
교과서에 있는 시만 읽는 나를

나를 꿈에게 나를 수 없는 나를

눈물이 툭 터져서 멈추지 않는 나를

2부

파벨라의 고양이

봄눈 2

언제나 한발씩 늦었다

한 발자국만 내디디면 녹아 버릴 게 뻔한데
무슨 장난에 모든 걸 걸어야 하냐고

터져 오르는 한숨을 찢어 버리는 바람처럼
용기 있게 볕으로 나갈 수 없었다

그 애가 오기 전까지

이제 난 흘러가기로 했다
녹고 녹고 녹아서
여름으로 갈 것이다

얼어붙은 마음에
볕이 들기 전의 이야기였다

어항

　그 애는 동그랗게 뿜어낸 담배 연기에 새끼손가락 걸어
보이며 깔깔거렸지
　깨진 아가미로 뻐금거리는 유리붕어 같았어

　한참을 첨벙거리다
　눈썹 위 듬뿍 적신
　비늘 벗겨진 붕어

　그 애는 출렁이는 햇살에 잠겼어
　풍경이 투명한 몸을 통과했지

　바다처럼 비린 꿈
　쏜살같이 달려오는 웃음소리에
　허기진 지느러미 간지럼 태우기도 했어

　위태로운 바람이
　낯선 표정에 닿을 때마다 아팠지

　유리붕어는 바다를 생각했어

강물보다 싱거운 바다
아무리 헤엄쳐도 소금에 절지 않는 바다

사람들이 쏟은 눈물이 모두 바다로 흘러들어 가면
바다는 누구에게 울어야 하나

불순한 버릇들은 교실 바닥을 기어
좀 더 낮은 곳으로 도망가지 못해서 안달이지

눈물을 모두 쏟아내 강물이 되어 버린 바다가 궁금해
가장 아픈 곳에 수직으로 가라앉은 빛 한 점 그리워

버려진 운동장엔 책상이 하나 걸상이 두 개
담배 연기 대신 새끼손가락을 걸 사이좋은 짝이 필요했지

유리붕어는 사소한 약속을 뻐끔거리며
바다의 가장 깊은 곳에서
새로울 것이 없는 핸드폰을 뒤적거린다

파벨라*의 고양이들

밤
밤
밤이 왔어요

위험한 고양이들이
그들만의 회합을 위해 모였어요

어둠이 주위를 껴안는 동안
쓰레기를 태워 붉을 밝히고
폐허에서 놀고 먹고 춤을 추었어요

한 고양이가 말을 하고 있어요

어쩌면 우린 늙기 전에
사라질 거라고

다른 파벨라의 고양이들처럼
나의 오랜 친구들처럼

그저 우린 굶기 싫었던 것뿐인데
쓰레기를 뒤졌을 뿐인데

위험한 세상에서 살아남는 법은
더 위험해지는 것이라며

차라리 내가
위험이 될 거라고

그렇게 파벨라의 어둠 속으로
빨려간 어린 고양이들은
아무도 나오지 못했어요

* 브라질의 빈민촌을 가리킨다. 대낮에도 총격이 벌어지는 곳으로
범죄자가 많고 약물 문제도 심각하다. 범죄 조직 간에 잦은 총격전이
벌어지고 아이들은 그 소리를 듣고 자라 조직으로 들어가게 되는 경우
가 많다. 쓰레기 매립지가 있는 파벨라에서는 쓰레기를 뒤져서 먹고사
는 사람들도 많다.

바담 풍

더 이상 가르치려 들지 마시길

덜 익은 노래를 부르고
노래가 끝나기 전에 뛰어 나가야지

길이 아닌 곳에서 뛰고
해가 가장 높을 때 잠을 잘 거야

편식을 하며
배워 먹지 못한 하루를 보내야지

가야 할 곳이 어디든
바람은 자기밖에 모르니까

배달의 용사

스키드 마크는
꼭대기에 도달하지 못했다

검게 그을린
마지막 하루가
전봇대에 새겨졌다

늘어선 자동차의 블랙박스들 사이로
오토바이가 공중제비를 도는 동안

하이바를 안 쓴 친구는
허공으로 흩어져 버렸다

겁이 나는데
소름이 돋는데

배달의 민족은
배달밖에 할 수 없어서

다시
거리로 나선다

하이바를 쓰면
나 하나 구할 수 있다고
어쩔 수 없는 나 하나 구하자고

오늘도 배달의 용사는
하이바 쓰고 골목을 달린다

안부

너와 자란 곳은

등이 굽은 집들과
허리가 빠진 담벼락들

자라기 전에 늙어 버린 풀들 사이
고양이 발바닥이 닿은 곳만이 안전했지

안녕
나는 네가 궁금해.

바람인 너,
골목인 너,
낮은 지붕인 너.

너도 내가 궁금하니?
우리는 서로 궁금해해야 해

그것만이 세상에서 우리를 지켜내는 일이니까

나는 너에게 갈 거야

바람이 되어
골목이 되어
낮은 지붕이 되어

그때 나에게 들려줘

흔한 소녀

우리는 압정을 밟고
썩은 우유를 삼키고
욕설이 가득한 쪽지를 받았다

산발한 바람이 창 안으로
기어들어 온다

애써 모르는 척,
바람만 탓했다
흔한 날이었다

우리는 친구였다
아무도 몰랐지만

내가 아니라서 다행이라고
안심하는 동안에도
반 아이들은 흔한 놀이에 열중했다
왜 너만 이런 일을 당해야 하는지
왜 너만 고민해야 했을까

주먹을 꼭 쥔 채
의자에서 일어나지 못하는
나는
흔한 소녀였다

빨래

세상이

뺑글
뺑글

돌아
돌아

작은 방에
한데 엉켜서

마구
마구를 맞은 것처럼

돌아오지 못할 것처럼
다신 안 볼 것처럼

두드리고
엉겨 붙고

부글부글
거품을 물고

정신 차리라고
찬물을 들이붓다 보면

욕도
눈물도
헹궈져

우리 가족은 그저
푸르게 말라서
밝게 개고 싶어서

그 좁은 방에
나란히
사이좋게
포개지고 싶었을 뿐인데

내 자리는 어디에

뭉개진다는 거 참 쉽더라

비닐봉지 안에는
딸기우유 하나
크림빵 하나

기껏 옆자리 술 취한 아저씨 눈치나 보며
때우는 한 끼치곤
나름 먹을 만하지

딱딱한 벤치에 기대니
내 하루가 누런 비닐봉지 속처럼 훤히 비치더라

이리저리 치이다
속이 다 터져 버려
뭉개진 내가

쓰레기통에서 누군가 버린 하루가 썩어 가는지
국물이 뚝뚝 떨어지는데

벌레들이 몰려든다
하긴, 벌레들도 날개를 펄럭일 자리가 필요해

놀이터엔 내 자리가 있는 것처럼

그림자

흔들흔들 건들건들
화도 내지 않고

똑같이 걷고
똑같이 뛰고

어느 날은 나보다 부쩍 커져서
언제나처럼 표정은 숨기고

나보다 더 나 같은 어둠이 되어서

가만히 보고 있으면
마치 속을 다 읽히는 것 같아서

숨기려 몸을 웅크리면
똑같이 몸을 웅크리고

아무에게도 들키고 싶지 않은 것들을
빤히 쳐다보고 있네

모두를 속여도
너를 속일 순 없지

모두가 속아도
너는 속지를 않지

너는 나를 입고
나인 척하네

나는 너를 입고
나인 척하네

정글의 법칙

네가 내 앞에서 운다

무너진 너의 마음이
터무니없이 속을 보인다

내 마음도 너처럼 아팠다

아파서 반가운 건 처음이었다
아파하는 너를 아파하는 내가 좋았다

나와 헤어지기 싫다는 네가
학교를 떠나고
내가 다시 일등이 됐을 때
내 마음도 너처럼 아팠다

그런 내가 마치 짐승 같아

짐승같이
울고 싶었다

깨진 아이

깨진 거울에
내가 있다

엄마 한 조각
아빠 한 조각
할머니 한 조각

가족이 흩어지는 건 순간이었다

나는 깨진 아이
누구도 붙여 주지 않았다

3부

태어난 마음

건질 것 있는 날

누르고
차고
발끝으로 연다

할배가 허리를 굽힌다

나보다 더 말을 안 들어서
한 번 굽힐 때마다
속깨나 썩히지만

병을 건지든
캔을 건지든
뭔가는 건지니까

할배가 웃는다

병이나 캔도 하는 걸
난 못하네

새벽부터 나가는 할배가
밥상 위에 올려놓은 지폐는

길가에 버려진 캔이나 병보다 더 건질 것 없는 나를 위해
할배가 하루 종일 건져 올린 것들이란 걸 안다

할배가 주워 주기 전까진
나도 찌그러진 캔이었다

나를 건진 날이
세상에서 제일 수지맞은 날이라는 그 말이
날 살게 했다

건질 것 하나 없는 내가
나를 건진 날이었다

나무가 울어 준다

일렁일렁

나무 그림자 춤을 출 때
그 아래 숨어 있으면

나무가 자주 울었지
나 대신 울어 주기로 했으니까

흔들리는 그림자에 안겨서
밤을 새고 있으면
내 뺨 위로

툭
툭

떨어지던
초록의 눈물들

내가 자라는 시간이었지

쌍둥이

8월의 정오
길을 가다 쪼그려 앉았다

바닥에 움츠린 채 고개 숙인
그림자의 손을 가만히 잡았다

서늘하고 쓸쓸한 표정이
여름 속으로 숨었다

내가 낳은 그림자는 쌍둥이라서
얼굴이 없어도
외롭지 않았다

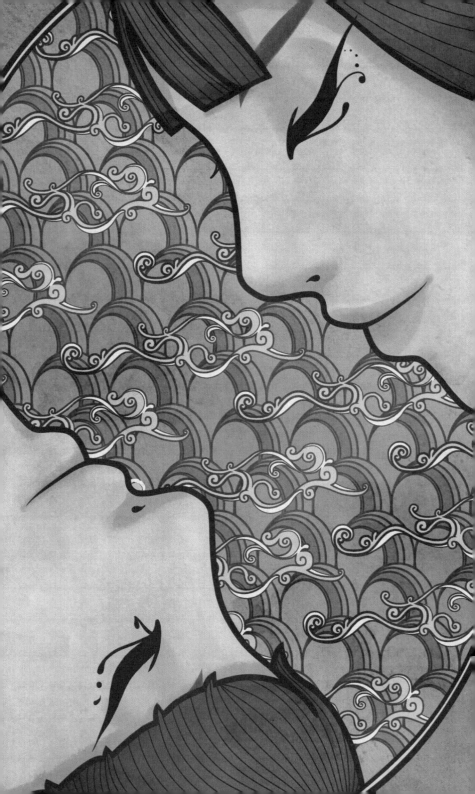

낮과 밤

검은 낮을 걸어와
흰 밤 곁에 누웠을 때

토닥토닥
내 마음을 두드리는 나

무겁고 흐린 낡은 하루
부은 발은 지쳐서

토닥토닥
힘들었다고 길을 내는 소리

나는 회색 벽이야
창문 밖을 바라보면

하늘 속에
아무것도 날아가지 않아

무너져 버린 낮의 피곤이

밤 곁에 누워 쉬는데

꿈속의 꿈이 돼 버린 오후
깨어도 다시 일어나야 해

다 괜찮다 말해 줘
밤을 덮고 꿈을 꾸는 동안

다 사라질 거라 말해 줘
오늘 같은 내일은 없을 거라고

태어난 마음

너를 처음 보았을 때

천둥벌거숭이 같은 마음이
갓 태어났지

검은 아스팔트를 딛고
맨발로 서 있었지

이상하지
왜 그렇게 좋았을까

환하게
세상에
불이 들어왔지

고백

그런 말은 아직 못 해도
나는 웃잖아

어차피 안 될 거라는 걸 알아
꿈 따윈 없어

그렇게 말해도 네가
싫은 건 아니야

너는 그렇게 언제나
바람 소리처럼 스쳐 가

나만 들었어

네 숨결
네 소리

아름다웠어
아무도 몰랐어

네가 만든 그늘 안에서
내가 웃잖아

어차피 모를 거라는 걸 알아
난 그런 애니까

네 안에 피어난 나무를 봐
초록의 언어들
노을 속에 잠기기 전에
나에게 옮겨 피어나

네 그림자는
그늘까지 따뜻해

그림자 속, 그 안의 봄을 줘
내 안의 봄이 피어나게

편리한 감정

가끔 강아지 말을 알아들을 때가 있어
그건 진짜 신기하고 절묘하고

가끔 길냥이 말을 알아들을 때가 있어
그건 정말 애틋하고 씩씩하게 안쓰럽고

마음이 통하는 건
사람이건 동물이건 반갑지

문득
순한 눈빛의 송아지와
순진한 걸음의 돼지를 떠올리면

나는 그냥
귀를 막고
눈을 가리지

무작정 그냥
무정하게 그냥

새집 증후군

새집은 처음이야
냄새부터 새거야

새 본드 냄새
새 비닐 냄새

우리 집은 처음이라
냄새 따위는 아무렇지도 않아

엄마 기침은 더 심해지고
아빠는 잠을 자꾸 깨고
동생은 몸이 가려워 까지도록 긁어대도
그냥 좋기만 해

서울에서 아파트 당첨된 건
복권에 당첨된 거랑 같다는데

아파도 아프지 않은
이상한 증세가 생겼어

새집이 헌 집이 될 때까지
기다려야지

잃어버린 우산

가끔
생각할까

잊어야 행복할지도 몰라

날 두고 간
우리 엄마처럼

최고는 짝사랑

널 보는
순간이 매일 설레도
고백은 하지 않아

고백해 버리면
혹시라도 네가 허락해 버리면
두 번 다시 두근거림을 찾을 수 없을 거야

이건 가장 안전한
나만의 권리야

의자가 날아가지 않고
그릇이 깨지지 않고
엄마 아빠처럼 싸우지 않아도 되는

나의 사랑은 평화롭지
무엇도 망치지 않고
누구도 아프지 않지

아무도 상처 입지 않는 사랑
최고는 짝사랑!

4부

말 있는 말

눈사람

눈으로 태어나면
한 계절만 살아야 해

사람이 되고 싶으면
세상이 전부
얼어붙어야 해

따뜻한 눈사람은 없지
봄으로 흘러가버리는 걸

네 곁에 있고 싶지만

잎이 돋는 건
때가 되었다는 것

꽃이 필 때
너와 인사를 했지

안녕

재개발

그 안을 걷기만 해도
일요일 오후처럼
잔잔해지는 내가 있어

부서지지 않았던

오래된 창문이 있어
오래된 집이 있어
오래된 골목이 있어
오래된 동네가 있어
오래된 사람들이 있었다

내일이면 멸종하겠지
아무것도 남지 않겠지

지금
동네는 온통 축제 분위기

녹슨 피

무릎에서 흐른 피가
지구를 두드렸다

흐른다는 건

참
무섭고

참
예쁘네

나는
세계가 흘린 피

아래로
아래로 고여
녹슬 때까지

녹

슬어
녹
슬어

녹녹한
피
슬 때까지

아무도 상처를 궁금해하지 않았다

겨울비

눈이 되지 못한 비가 내린다

여름에서 길을 잃어
지금에야 찾아왔을까

늦은 여름 먼지 냄새가 나

이 추운 계절에
겁도 없이

자기가 어떻게 될 줄 알고
용기도 많지

어쩌면 눈이 되지 않은 비일지도 몰라

다가올 여름에서
미리 왔을지도

늦었든

빨랐든
어울리지 않건

겨울을 선택한 비가 내려

재미없이
계절에 맞는 옷이나 입는

나보다
나은 비

치약

통통한 몸 안에
무수히 많은 길들이 담겨 있다

꽁지부터 꾸욱 누르면 칫솔 위로 그려지는 길
자칫하면 바닥으로 떨어진다

적당한 압력과
칫솔의 각도가 말랑한 치약의 길을 만든다

아슬아슬 위태로운 칫솔 위에서
자신의 몸이 파여도

거품이 난무하는 영광의 입안을 위해
도톰하고 부드러운 치약의 길을 받들고

오늘도 하얗게 부풀어 씁쓸하고 달콤한
거품 같은 나

이인삼각

나란히 걷다
문득 네가 너무 좋아

자세히
보고 싶어서 걸음을 멈췄지

멈추지 않은 너는
자꾸
자꾸 멀어지고

급해진
마음이
덜컹덜컹

멀어진 만큼
달리기 시작했지

속도가
나를 흔들고

너를 흔들고

네가 더 흐려졌지
잘 보이지 않았지

꽃 피는 아침

뾰족한 아침은
그 아이의 것이다

문제지 위에 놓인
둥근 천 위로
한 땀 한 땀 꽃이 자란다

바늘이 움직이는 대로
새로운 시간이 새겨진다

나까지 설레게

모든 것이 멈춘 교실
색색이 뛰노는 시간

그렇게

꽃을 수놓는 아이가 짝이다

말 있는 말

내게 말해 줘
아무 문제 없다고

거친 말처럼
나 세상에게 달려갈 뿐인 걸

O 같은 날들은 하루종일 지루해
내게 말해 줘
달려도 돼!

바람의 갈기를 잡고
땅 위에 발을 딛고
경멸을 피하지 않고

온몸으로 달려가

세상이 보여
말 있는 말들이

나 같은 말들이
버릇없이 달려가

지루할 틈 없이
할 말은 하면서

첫사랑

여름은 어떻게 생겼어?

눈사람이 물었다

하얗게
얼어붙은
네 질문처럼

나도 아직
알 수 없어

네가 녹은 날
울지 않았지

팔월의 나무가 될게

가난한 개미에게
그늘을 만들어 줬을 때

알았지

여름은 꼭 너처럼 생겼어

이름을 찾아 줘

물고기 보러 갈까?
내 손을 끌어당겼지

고기를 보러 물까지 가는 거니?
내 말엔 대꾸도 없이

오늘은 날이 좋아서
물속이 다 비칠 거야
헤엄치는 지느러미가 보일 거야

고기로 태어나는 물의 것이 어딨어
고기로 태어나는 산의 것도 없듯이
이름도 없이 살점으로 불리는 것들이 어딨어

반짝이는 눈을 굴리며
네가 말했지

이름을 불러 주면
정이 들 거야

내가 너한테 정이 든 것처럼
네가 나한테 정이 든 것처럼

그러니까 우리 미안해하며
물로 가자

오늘은 날이 좋아
비늘이 더 빛날 거야

시인의 산문

위험한 고양이들의 랜덤워크

위험한 고양이들의 랜덤워크

나는 민감한 물질로 이루어진 덩어리이다.
— 플라톤,『파이드로스』

그녀는 중학교 선배였다. 하지만 내가 1학년에 막 들어갔을 때 이미 학교 밖의 사람이었다. 무슨 일이 있었는지는 지금도 모른다. 수면제를 잔뜩 집어 먹은 그녀의 친구만이 무기정학을 맞고 학교에 남아 있을 수 있었다. 태어나서 외식이라곤 해 본 적이 없는 나에게 그녀는 처음으로 돈가스를 사 주었다. 추운 겨울날이었고 신사동 사거리에 있던 푸른들이란 레스토랑이었다. 수프와 돈가스 그리고 후식까지 합쳐서 천오백 원인 가게였다. 태어나서 처음 먹어 본 돈가스는 숭배의 대상이었지 평가의 대상이 아니었다. 선배는 위가 아프다고 잘 먹질 못했다. 나를 지켜보며 담배만 연달아 피워댔다. 짧은 커트 머리는 노랗게 탈색해서 푸석거렸고 광대뼈가 튀어나온 갸름한 얼굴은 가끔 슬프게 웃었다. 철없는 나는 그녀 몫까지 먹었으려나. 돈가스를 사 준 돈이 어디서 나온 건지 그때는 궁금하지 않았다. 그저 그녀가 사 준 돈가스가 맛있었을 뿐이다. 철없는 그녀가 어떻게 번 돈인지 철없던 나는 잘 몰랐던 것 같다. 철없던 겨울이었다. 선배는 학교 앞 판자촌에서 살았다. 흙밭 위의 좁은 골목을 나와 교문 앞에서 우리가 파하길 자주 기다렸다. 슈퍼에서 음료수를 훔쳐 먹고 아파트 베란다에 걸린 옷들을 훔쳐 입었지만 정작 자신을 지켜 줄 누군가의 마음 하나도 훔치지 못했다. 그녀가 할 수 있는 건 술집의 여급이 되는 정도였다. 술집에서 술집으로 옮겨 다니며 키를 키워야 했다. 우리 집 근처에서 일할 때였다. 학교가 끝나고 노랗게 오후가 곪아 갈 때쯤 그녀를 만나러 가게에 갔었다. 그 카페는 동네에서 신사동 전철역으로 올라가는 언덕에 있었다. 텅 빈 가게는 아직 해가 지지 않아 그녀 혼자였고 허공을 떠다니는 먼지들만 어색하게 반짝거렸다. 선배는 마른오징어며 땅콩, 과일 같은 것들을 먹으라고 꺼내 주고는 가만가만 내가 먹는 걸 지켜보았다. 평소에 사 먹을 수 없는 것들이라 맛있게 먹었던 기억이 난다. 아마도 술안주였겠지. 해가 질 무렵 우리는 가게를 나왔다. 선배는 내 손을 잡고 골목에서 골목으로 걸어 집 근처까지 데려다주었다. 돌아서는 그녀의 부스스한 머리가 바람만 불어도 부서질 것 같았다. 어린 나이에 맞지 않게 살이 홀쭉한 마른 얼굴에 주근깨가 가득했던 선배. 그녀는 그녀를 보호하고 지켜 줄 부모가 없었다. 자신의 나이가 얼마나 어린지 잘 알지 못했고 그저 추운 세상에서 맨몸으로 견뎌 나가야 한다는 것만 알았다. 선배는 항상 겨울이었고 아무도 그 겨울에서 꺼내 주지 않았지만 세상을 원망하진 않았다.

병째로 수면제를 먹었던 선배의 친구는 우리 집 골목 건너편에 살았다. 귀밑에서 거칠게 잘린 단발에 바싹 마른 입술은 항상 뜯어져 있었다. 어마무지한 소문이 그녀를 따라다녔지만 나에겐 그저 평범했다. 흔한 순정만화를 좋아했고 어제 읽은 주인공의 이야기에 열중했다. 달랑거리는 짧은 치마 밑으로 드러난 앙상한 무릎이 꼭 선배와 닮아서 마음 어딘가가 쓸쓸했다. 둘은 단짝이었지만 한 명은 학교 안에 남고 한 명은 학교 밖에 남았다. 점점 멀어지는 건 어쩌면 당연한 일이었다. 안과 밖은 많이 달랐다. 같은 건 소문뿐이었다. 소문은 언제나 둘의 친구였다. 선배와 다르게 그녀는 일반계 고등학교로 진학을 했다. 단정하게 자른 머리가 그녀의 다짐을 보여 주는 것 같았다. 한 명이 학교에 적응하는 동안 다른 한 명은 부스스한 노란 머리에서 붉은 머리로 그리고 보라색 머리로 바뀔 뿐이었다. 가장 친한 친구였던 둘은 그렇게 자신의 세계가 달라졌다. 하지만 결국 둘은 같았을지도 모르

겠다. 세상에서 견뎌내기 위해 부서지는 것을 선택한 아
이들이었으니까.

　골목 이야기를 계속할까 한다. 우리 골목 앞집에는 제
이가 살았다. 제이는 뽀얀 얼굴에 동그란 안경이 야무져
보이는 아이였다. 초등학교부터 고등학교까지 쭉 같은 학
교였다. 제이는 책을 눈에서 떼지 않는 아이였다. 밥 먹
을 때도 수업 시간에도 집에서도 언제나 책을 읽고 있었
다. 종류도 가리지 않았다. 고전소설에서 무협지, 만화까
지 이야기가 있는 모든 것을 사랑했다. 처음에는 괜찮았
다. 충분히 책을 읽으면서도 충분히 공부를 잘할 수 있었
다. 제이의 아빠는 법대를 나왔지만 결국 사시에 합격하
지 못하고 동네에서 가게를 차렸었다. 제이 엄마는 남편
의 꿈을 제이가 이뤄 줄 거라 믿었던 것 같다. 하지만 제
이는 이야기에만 마음이 있었고 학년이 올라갈수록 성적
은 엄마의 바람만큼 나와 주지 않았다. 등굣길에 제이가
들려주던 이야기들이 지금도 생생하다. 마치 전기수(傳奇
叟)와도 같았다. 선명한 그녀의 기억력은 이야기의 등장
인물을 잘도 현실로 끄집어냈다. 그리고 그녀의 어머니는
그 꼴을 보지 못해 그녀의 책들을 집 밖으로 끄집어냈다.
교과서와 문제지를 제외한 책들은 제이의 방에서 사라졌

다. 그 후로 책상 서랍 밑이나 방의 후미진 어느 구석에 책을 숨겼다 발각되곤 했다. 언젠가 고등학교 때 제이는 삭발을 했다. 그녀가 할 수 있는 최대의 반항이었다. 삭발까지 했지만 제이는 너무나 순했고 어머니의 말에 복종하는 어린 종이었다. 그건 제이의 마음 어딘가를 고장 나게 했다.

사실 제이는 도벽이 있었다. 골목 끝에 있던 슈퍼에서 과자를 훔치거나 우리 집에서 키우던 강아지를 훔치려고도 했다. 하지만 나는 그 모든 것을 모른 척했다. 왜인지는 모른다. 그냥 모른 척해야 한다는 것만 알았다. 제이의 실제 세계는 이곳이 아니었다. 그녀를 살아 있게 느끼게 하는 곳은 책 속이었다. 책 밖은 그저 회색의 도화지 같은 곳이었다. 고등학교 졸업반이었을 때 엄마 손에 끌려온 제이가 우리 집 문을 열었다. 아래위로 나를 훑으며 자기 딸을 데리고 만홧가게 같은 곳에 가지 말라고 경고했다. 한 손에는 내가 빌려줬다는 만화책이 검은 봉지에 아무렇게나 담겨 있었다. 나는 부정하지 않았다. 그 만화책은 당신의 딸이 빌린 것이고 나와는 상관이 없다는 사실을 밝히지 않았다. 그녀가 무슨 생각으로 거짓말을 했는지는 모른다. 제이는 그 일로 나에게 사과하지 않았다. 나도 그 일을 따지지 않았다. 그렇게 우리는 그냥 모른 척했다. 겨울이 지나고 삭발했던 머리가 더벅더벅 얼굴에 닿을 무렵 제이는 대학을 갔다. 그리 좋지도 그리 나쁘지도 않은 어중간한 삶의 시작이었다.

선배나 제이뿐이 아니라 골목 안에는 많은 아이들이 있었다. 재개발이 이루어진 동네라면 다 가질 법한 이야기들과 어울리는 등장인물들이었다. 나는 그들 사이 어디쯤에 있었던 것 같다. 하지만 그들에게 속하지 못했고 누구와도 같지 않았다. 밀림 같은 무성한 소문 속에서 직관과 감정만이 가득한 야생 짐승처럼 자랄 뿐이었다.

그러나 결국 내 시들은 다 골목에서 생겨났다. 허름하고 눅눅한 아이들의 세계였다. 우리는 위험했고 순진했다. 과장된 포즈와 말끝마다 섞인 욕설로 약해 보이지 않으려 애썼다. 마치 위험한 고양이들 같았다. 대부분 반듯한 세상에 편입하지 못했다. 그 시절에 대해 이야기하는 것은 쉽지 않은 일이다. 어떤 섬세한 설명을 가져온다 하더라도 그 시절만큼 뜨겁거나 위험하지 않기 때문이다. 하지만 나는 여전히 그 시절의 이야기를 쓴다. 그건 지금 여기의 이야기이기도 하다. 시대가 바뀌어도 지역이 바뀌어도 결국 바뀌지 않는 것들이 있다. 지금 사는 동네에도 그 시절과 닮은 아이들이 산다. 삐뚤어져서 용케도 자라는 아이들. 어디가 고장 난지도 모르고 삐걱거리는 아이들. 그래도 아이들은 열심히 자란다. 자란다는 것은 얼마나 아름다운지! 상처가 아물지 않아도 벌어진 채로 흉터가 되지 못해도 아이들은 자신을 키워낸다. 그런 씩씩하고 쓸쓸하지만 아름답고 순박한 이야기를 하고 싶었다.

독서활동지

▷ 친구, 동물, 식물 등을 짝사랑해 본 경험이 있나요? 그때 가장 행복했던 순간에 대해 이야기해 볼까요?

....

▷ 짝사랑과 서로 함께 사랑하는 맞사랑의 장점과 단점은 무엇일까요?

	짝사랑		맞사랑
장점		장점	
단점		단점	

▷ 「사서」(23쪽)라는 시에서 장래희망에 대해 이야기하고 있어요.
여러분의 장래희망은 무엇인가요? 그 꿈을 가지게 된 동기를 적어 볼까요?

....

▷ 장래희망을 이루기 위해서 극복해야 할 어려움은 어떤 것이 있을까요?

....

▷ 내가 이루고 싶은 장래희망의 이름을 따 짧은 시(삼행시, 사행시)를 지어 볼까요?

....

▷ 이 책에서 인상적인 시 구절을 넣어 그림(또는 만화)으로 표현해 볼까요.

▷ 「깨진 아이」(52쪽)에서는 힘든 가족들의 모습이 나옵니다. 갈등하며 힘들어하는 인물에게 해 줄 위로와 용기의 마음을 써 봅시다.

▷ 지금 자라나는 나의 후배 청소년들에게 해 주고 싶은 말이 있나요?

최고는 짝사랑
2023년 9월 2일 1판 1쇄 펴냄

지은이   신지영
내지그림   전솔이
펴낸이   김성규
편집   김안녕 한도연
디자인   신아영
펴낸곳   쉬는시간
주소   서울 마포구 동교로17길 65, 501호
전화   02 323 2604
팩스   02 323 2603
등록   2019년 9월 3일 제2022-000287호

ISBN 979-11-984300-2-1 44810
ISBN 979-11-984300-0-7 (세트)